어느 가을날

시와함께(Along with Poetry) 시인선 020

어느 가을날

김동연 시집

시와함께 넓은마루

　시작詩作에 매료된 이래
　좌절과 자괴감에 넘어지고
　일어서고 또 딛고 넘어온 게
　몇 해 였나
　어느 틈에　떨어질 수 없는
　특별한 사이가 돼 버렸다
　이제 그동안 쏟은 노력
　내보내야겠다는 당위감이
　문득 가슴을 울려 왔다
　한 권의 시집으로 묶어 내보내며
　더 나은 도약을 다짐하는
　새로운 출발로 삼으려 한다

　부모님이 계셨으면
　얼마나 기뻐하실까
　짙어오는 그리움 바람에 실어 보내며
　곁에서 격려하고 도와주신 모든 친지와
　가족에게 깊은 감사의 마음 전한다

- 2022년 가을,　김동연

| 차례 |

시인의 말 – 4

제1부   기다리는 마음

     는개비 – 12

     김밥 한줄 –14

     4,000원의 힘 – 16

     동동주 – 18

     기다리는 마음 – 20

     초록색 조끼 – 22

     언니 보고싶으다요 – 24

     능소화의 위로 – 26

     노란 파라다이스 – 28

     꼬꼬 – 30

     행복은 – 32

     다람쥐 – 33

     어묵꼬치 – 34

     상념 – 36

     고추장 – 38

     연둣빛 축제 – 40

     개나리 행진 – 41

제 2부   놓고 싶지 않아

승탑의 천사들 - 44

파 - 45

화분 - 46

엄마의 호박범벅 - 48

막걸리 - 49

국화차 - 50

클라리넷 - 52

감자 I/II- 54

미소 - 56

노들섬 - 57

겹작약 - 58

소낙비 - 59

뒷모습 - 60

놓고 싶지 않아 - 62

손자의 주먹 - 64

손자 냄새 - 66

바다 미풍 - 68

제 3 부 아버지의 노래

가을빛은 부드럽고 – 70

친구 필례 – 72

매미 – 74

길고양이 – 76

다큐 '물숨' – 78

세월 – 81

잃어버린 화요일 – 82

친구의 눈빛 – 84

아버지의 노래 – 86

나탈리아 – 88

어느 행복 – 90

목소리 – 91

섬뜩한 경험 – 92

노루의 눈빛 – 94

노란 연민 – 96

갈매기 – 98

겨울새 – 100

제 4 부   머무르고 싶었던 순간들

어느 가을날 - 104

식당이 된 그곳 - 106

오늘은 - 108

처서 - 110

탄산수 - 112

마음 다잡아 - 114

희망 - 116

포장마차 - 118

단풍잎 - 120

효자 아기 - 122

피칸 파이 - 124

머무르고 싶었던 순간들 - 126

야누스 - 128

거역할 수 없는 - 129

야속한 친구 - 130

21세기에 전쟁이 - 132

똬리 - 134

제 5 부   아카시아꽃 카펫길

젊은 여성 – 138

짜장면 – 139

드라이브 – 140

춘천의 하루 – 142

줄장미 – 144

뻐꾸기 – 146

아카시아꽃 카펫길 – 148

꼬꼬맹이 – 150

산당화 – 152

친구 희숙 – 154

보름달 – 155

입맛 – 156

갈등 – 158

해거름 – 160

수호천사 – 162

습관 – 164

묵설 스님 – 166

작품 해설 l 덧없는, 또는 간절한 행복 그리기 – 169
이상호(시인, 한양대 명예교수)

제1부

기다리는 마음

는개비

새벽부터 뿌옇게 내리는 비를 두고
우산을 펼쳐야 하나 말아야 하나 망설이다
그냥 걷는다

얼마만인가
얼굴 한 겹 마음 한 겹
부드럽게 어루만지는 이 는개비처럼
일들이 순순히 풀려갔으면

꾸미지 않아도 예뻤던
지난 날
버드나무 새싹 같은 연둣빛 호흡
한 번 더, 한 번 더 느끼고 싶어
멀어진 시절로 돌아가 본다

는개비 핑계 삼아
너무 멀리 걸어와 버린 것인가

풀어나가야 할 숙제들 틈에
나는 너무 오래 서 있거나
너무 많이 머뭇거렸다

내친김에 길 끝까지
한 번 가보자
가보기나 하자

김밥 한 줄

어스름 녘
집으로 가는 길
방금 떨어지기 시작한 빗방울에
우산을 펼쳐든다

김밥 가게를 나서는
남자의 뒷모습
부지런히 걷는 그의 한 손에
투명 비닐봉지 속 김밥 한 줄이
달랑거리며 따라간다

누구를 위한 김밥일까
그의 밤참일까
임신한 아내 몫일까
칭찬해줄 아이의 간식일까

내 멋대로 상상에 젖어

뒤따라 걷는다

엄마가 싸주시던 김밥 추억도 따라와

함께 걷는다

4,000원의 힘

벗이 된 지 십 수 년
흐린 글씨 비춰주던
책상 위 형광 램프

열흘 전 전구가 나가
먼 동네 철물점까지 가서
갈아 끼우고 보니
새삼 정겹다

최신 LED 책상등 찾아보던
열흘은 잊힌 과거

4,000원 주고 산 형광 전구
전보다 더 밝게 빛난다

곁에서 묵묵히 미소로 지켜봐주시는
할머니 같은 책상등

오래오래 함께 하자고

눈웃음으로 답한다

동동주

봄비에 촉촉이 젖는 저녁
느닷없이 동동주가 생각난다

혼자 늦은 저녁 드시던
아버지 상 옆에 앉아
처음으로 맛보았던 동동주

어린 딸 술버릇 키운다는
어머니 핀잔 아랑곳 않고
밥그릇 뚜껑에 한 모금 따라주시던
그 한 모금에 세상이 환해졌다

동생들은 몰랐던
뽀얗고 달콤했던
나 혼자만의 희열

아버지 추억할 때마다 따라오는

동동주 그리며

봄비에 젖는 이 저녁

마음은 나비처럼

여기 저기 날아가 앉는다

구름에 갇힌 별 하나

툭 내 앞에 떨어진다

기다리는 마음

뒷산 나무계단을 오른다
풀냄새 솔냄새
작은 꽃들이
앞장 선다

산중턱 지날 무렵
'...기다려도 님 오지 않고
빨래소리 물레소리에..'*
어느 바리톤의 음성이 들린다
근처 어딘가에서
그 소절 반복해서 부른다

기분을 바꿔놓는
예상치 않은 선물

이 산 오를 때마다
멋진 가곡

들을 수 있다면

기다리지도 않고
임 오지 않는 산이라 해도
정상으로 오르는 발걸음이
한층 가벼울 텐데

*김민부 시, 장일남 곡 「기다리는 마음」

초록색 조끼

20여 년 동안 편하게 입던
초록색 플리스 조끼

비행기 안에서도 잘 입고 와서
공항 화장실 문에 걸어둔 걸
버스 타고야 생각해냈으나
잰걸음도 헛되고 말았다

포기하고 오려다
함께 넣어둔 책도 아쉬워
기어이 분실물 보관소까지
가서 찾았다

찾아가지 않는 옷이라며
선생님이 줬다고 딸이 던져주던
버려진 진초록의 조끼

부모 잃은 고아 입양하듯
세탁기로 목욕시켜
아끼고 예뻐하며
가을 겨울 봄 세 계절을
편하게 걸쳐 입던 조끼

지금도
초겨울 찬 기운 달래며
입고 있는 낡은 조끼가
무척이나 정겹다

언니 보고 싶으다요

마트에서 사온

작은 꽃 화분 셋

밑둥이 썩고 엉켜 붙은 걸

빛 쪼이는 곳에 두고

정성 함께 부어줬더니

꽃들이 활짝 웃었다

노란 복주머니꽃 먼저 가고

주황빛 베고니아와 다른 꽃 하나

6월 중순에도

여전히 싱싱하게 방긋거린다

진분홍 꽃 이름 알 길 없어

해박한 친구에게 카톡으로 사진 보내니

언니 보고 싶으다요 ㅋ

하더니

'그거 물봉선화여요'라며 답 준다

분홍빛 물봉선화
꽃 이름 알게 된 기쁨에
한 주 내내 내 마음은
사랑스런 분홍 빛깔로 물들어 있다

언니 보고 싶으다요 ㅋ

오늘 아침 꽃들에게 물주며
그 말 생각나
가슴에 절로 미소가 번진다

능소화의 위로

출근시간이 끝나지 않은 건가
도시고속화도로 타려는 차들
족히 1km는 될 듯하다

저 도로에만 들어서도 안심인데
끼어드는 차들에 대한 원망과
약속시간에 쫓기는 마음이
온몸을 옥죄기 시작한다

길옆 방음벽에 걸터앉은
주홍빛 능소화
아직은 시간 여유 있으니
조급한 마음 내려놓으라고
눈짓한다

운전대를 꽉 잡은 두 손
잠시 멈칫했지만

머릿속은 다시 한가득
빨리 가려는 생각뿐인데

능소화 초연한 미소는
시간을 재지 않는다

노란 파라다이스

잊힌 계절은 아닌가보다
이맘때면 생각나는
노란 파라다이스

1990년대 보스톤 벨몬트의 10월
동네 작은 길
이리 돌고 저리 돌아도
은행나무와 떨어진 은행잎으로
온통 샛노랗던 거리

고흐의 유화물감이면
그런 아름다운 자연색을 표현했을까

가슴을 노란색으로
채우고 또 채우던 감동이

오늘 옆자리에 친구 태우고

올림픽선수촌 아파트를 돌면서

그때 그곳에 다시 와 있는 듯

잠시 혼자만의 행복에 벅차 있었다

<u>꼬꼬</u>

챙모자 눌러쓰고 걷는 산책길
눈앞에 나타난
새뽀얀 새끼 푸들
까만 눈에
호기심 가득하다

사진마다 동영상마다
웃음보가 터진 듯하던
하얀 피부의 외손녀 모습이
바로 앞에 있는 듯
내 눈은 푸들을 따라가 안아본다

빨간 어깨걸이 옷
종종걸음
엄마 따라가는 모습

꼭

외손녀 꼬꼬* 모습이다.

보고 싶은 마음 벌써
비행기에 올라앉아 있다

* 외손녀 태명 및 애칭

행복은

행복은
초겨울 밤
서쪽 하늘 향해 가던 반달이
되돌아와
환한 웃음으로
내 손 잡고
걸어가는 것

그 다정함을 가슴에 담는 것

다람쥐

뒷산 마루턱
어느새 자리 잡은
가을 향내

반가운 나무 벤치에 앉아
가쁜 숨 달래는데

건너편 나무에서 내려와
미끄러지듯 다가오는
다람쥐

혼자 온 가을 사냥꾼과
따뜻한 눈 맞춤
나누고 가네

어묵꼬치

일만 하다 간다고
글썽이는 어머니 두고
서두르는 발길 따라
동대구역으로 간다

흐려지고 끊어진 기억의 고리
약도 대책도 없이
아치라움과 어두운 미래만
외상처럼 달아놓고서

플랫폼의 때 이른 초겨울 바람
자갈밭 마음
먹구름처럼 피로가 몰려오고

통로의 어묵꼬치 파는 가게
피어나는 모락 김
발걸음이 절로 다가간다

가슴 속 돌덩이 몇 개

어묵꼬치 국물에 녹여 마시고

서울 행 고속열차에 오른다

상념

강변 아이스크림 가게
대형 창 귀퉁이에 걸려 있는 거미집
주인거미는 어디에 숨어서
무얼 생각하고 있나

어떤 벌레든 걸려들기만 하면
오늘의 사냥은 대성공
인간들 맛있게 먹는 아이스크림을
거미의 먹이와 견줄 수 있을까

무엇이든 침으로 녹여 먹는
단순한 절지동물보다
맛을 골라 먹을 수 있는 인간이 월등하다고
거미가 인정할까

감정과 이성이 있어
희로애락의 생을 살아가는 우리가

더 행복하다면 거미는 웃을까

눈앞의 아름다운 저녁 풍광
버터스카치 아이스크림 기다리는 동안
생뚱맞게
거미와 인간의 처지를 비교해보곤

그래도 인간이길 다행으로 여기는
스스로를 웃으며
이 기다림의 짧은 시간조차도
충분히 즐기고 싶어진다

고추장

입안에서 굴리며 음미해본다
짭짜름한 맛은 있어도 달콤하지는 않다
그런데 맛들이 어울려 감칠맛이다
빡빡하지 않고 부드럽게 호리하다

마리아와 신부님이 일구는 홍천 들밭에 가서
고추장 담그는 비법에 관한 둘의 대화 들으며
천일염과 매실청을 사용했다는 말씀에
육십 중반에 이른 동안 경험 못한 나로서는
후회와 미안함 묻은 멋쩍은 웃음만 지었다

마리아는 머쓱해하는 나에게
언니는 그거까지 잘하면 안 된다며 위로했지만
아주 소소한 일상만 겨우 유지하시는 엄마에게서
더 이상 된장 고추장 기대할 수 없게 된 지 이태
해묵은 상념들이 끌어올라 왔다

모든 청정한 재료를 사용

맑은 공기 속 신부님이 길러서 빻은 고춧가루로

손수 담그신 고추장을 즐기게 되다니

하느님은 이런 나이롱 신자도 배려하시나

내 기도 안 들어주신다고 수도 없이 삐쳤건만

신부님 고추장에

삶은 계란 고구마 닭고기 찍어 먹고

먹다 남은 고추장이 아까우면

사과에도 발라 먹고

포도주를 한국의 김치와 조합시키던

포도주 만화 장면*을

오늘 사과에 고추장 발라 먹는 내 모습과

억지로 견주어본다

* 아기 타다시 원작, 기바야시 유코와 신 남매의 만화 「신의 물방울」

연둣빛 축제

4월 중순
연곡사 가는 길
양옆에서 팔랑거리는
연둣빛 잎들
신바람이 난다

벼랑 밑으로 흐르는
시냇물도
목청 높여 노래하며
흥을 돋운다

우리도
연둣빛 천연 물감 속을
하늘을 반쯤 오른 기분으로
춤추며 날아다닌다

개나리 행진

강변길 달린다

갓길에서부터 눈에 들어왔던
진노랑 개나리
차창 밖 오른쪽으로
계속 따라온다

노란색 놀이옷의 유치원 아이들
올망졸망한 모습처럼
개나리
행진이 이어진다

놓쳤던 나의 봄이
거기에 있었구나

제2부

놓고 싶지 않아

승탑의 천사들

석가의 가르침 녹여
사리에 담아 계신
도선국사의 부도
통일신라 이래 파란만장
그 세월을 비끼어 왔나
믿을 수 없이 온전하다

탑 중간에 빙 둘러
새겨진 천사들
신록을 펼치며
스님의 뜻 지키려
날아와 앉아 있을까

정겨운 마음 일어
미소 짓는다

파

어릴 적 엄마는
밍그덕거리는 파가 먹기 싫은 나에게
'파를 먹어야 여판사가 돼'라며
나의 주의를 흩뜨려 놓으셨다

부엌에서 파를 만질 때면
괜시리 파 먹이려 애쓰시던
엄마가 생각난다
시시 때때 엄마의
힘들게 숨 쉬던 모습과
죄스러운 마음 떠오르면
이미 눈은 젖어 있다

이 세상 떠나신 지 넉 달
엄마 얼굴 놓아버리기엔
아직 너무 이르지 않은가
칠십이 코앞이라 해도

화분

작고 예쁜 화분 둘
엄마가 아끼시는 걸
여동생과 둘이서 놀다 그만
연못 속에 빠뜨렸다

대문 밖으로 쫓겨 난
일곱 살과 네 살 여자아이

둘은 집에서 멀어지지 않게
땅강아지와 도랑물 친구 삼아
방향 없이 시간 보내고 있었다

"이 시간에 여기서 뭘 하니?"

퇴근 길 아버지 따라 집에 와
아무도 화분 얘기 않은 채
저녁밥 맛있게 먹기 바빴다

육십 년이 넘어가는 그 저녁

집으로 앞서 가시던

아버지 뒷모습이 또렷하다

엄마의 호박범벅

며칠째 벼르다 끓인
팥알 넣은 단호박죽

고교시절
강낭콩 검정콩 팥을 넣고
엄마가 만들어준
어릴 적 호박범벅 맛이
문득 어제 일처럼 떠오른다

저승길 기약 없는
요양원에 계신
엄마 생각에

한 입 맛보는 호박죽이
쓴 탕약이네

막걸리

막걸리 한 사발에
구름을 타네

봄장마가 오면 어때
한 열흘 비 내리고 나면
이 구름 흩어지려나

못다한 일들은
좀 더 기다리라지

막걸리 몇 사발 걸치고
구름보다 먼저 웃으며
노래나 실컷 불러보자

국화차

뜨거운 물 부으면
기다리고 있었던 듯
작은 국화꽃이
투명 잔 가득
노랗게 피어오른다

미소를 지으며
국화꽃과 함께
그 찻잔 가득
환하게 피어나는 얼굴

파란 하늘 아래
웃고 있는
가을국화 닮은
다정한 친구

나이 들며

더 짙고 깊게 느껴지는

친구가

찻잔 안에서도

서성이며 다가온다

클라리넷

한여름 한강변 산책길
진초록 잎들 분홍빛 나팔꽃도
웃으며 같이 걷는다

어디선가 클라리넷의
부드러운 멜로디가 귀를 울리고
순간 더위가 날아가 버린다
한쪽 공터에 자리잡은 연주자
더위도 잊은 채
흠뻑 몰입해 있다

한참을 걷다가 돌아와도
클라리넷 연주는
그대로 계속된다

후텁지근한 여름
한줄기 얼음물 같은 라이브 연주를

뒤에 남겨두고

강변 길 벗어난다

아쉬운 발걸음으로

감자

Ⅰ
감자 부치겠다며
집주소 문자로 올려달라는
선배 전화를 받았다

부부가 구례로 내려가신 지 15년
일흔 중반을 넘긴 나이다
거의 매일 밭과 과수원 돌보며
저녁을 맞는다

밀레의 '만종'이
그대로 겹쳐지는
아름다운 전원 그림 속
푹 익어 살아가는 법을 터득한
멋진 주인공들이다

Ⅱ
이튿날 부쳐준 상자엔
하지감자가 가득 들어 있었다
아침마다 한 두알씩 쪄 먹다가
오늘 마지막 한 알을 먹었다

포슬포슬한 햇감자와
두 분의 건강한 삶의 모습과
상큼한 웃음 선물도
함께 먹었다

미소

덥고 붐비는 지하철 안
길 더듬는 맹인의 지팡이 피하느라
앞사람과 부딪히며 당황스러운데

전혀 아무렇지 않은 듯
평온한
삼십대 초반의 여인

웬만한 성가심은 털어버릴
행복의 갑옷이라도 입었나

너그러운 마술의 미소로
혼탁한 세상살이
빛을 만들어낸다

노들섬

코로나19 방역 3년 차
한여름 오후 노들섬
텅 비어 쓸쓸한데

매점 밖 식탁에서
맥주 한 컵으로
더위를 식힌다

어린 소녀 닮은 오죽 화단
초록빛 잔디
위로 삼아 마음에 담고

생맥주 한 컵 더 들이키며
습기 머금은 더위
시원히 털어낸다

겹작약

손자 얼굴만한 겹 작약
며느리의
어버이날 선물로 와 있네
손자 웃음소리도 함께

옅은 분홍빛 얼굴
수줍은 듯 감추고 있더니
어느새 환히 드러내고
초콜릿색 둥근 화병에서
여왕의 모습 완성하는구나

소낙비

무더위에 쩔어
뻑뻑한 상태로
멍하니 앉아 있는데

창문이 순식간에 뿌옇게 변하고
소낙비가 무섭도록 쏟아진다
멀리 뇌우도 번쩍인다

반가운 마음에
머릿속이 확 뚫린다
뛰쳐나가 빗속에서
같이 내리꽂히고 싶다
몇 년 묵은 스트레스
통쾌히 씻어 내리게

뒷모습

앞에
나란히 걸어가는 부녀

등에 큼직한 가방 멘
키 큰 청바지 여학생
회색머리 아빠 어깨를
감싸 안은 채 걷는다

걸음 늦추며
그들 뒤를 따라간다
옆 동 출입구로 들어가면서도
딸은 여전히 아빠 어깨를
감싸고 있다

뒤따라가던 나는
은근히 부러운 마음 안고
집으로 향한다

봄볕 쬐는 것 같은 이 여운

오래 남을 거 같아

놓고 싶지 않아

벽걸이 달력의 10월 갈피
뜯어내고 싶지 않아
한참을 망설이다가

아쉬움 달래려 불어보는 플류트
'10월의 어느 멋진 날에'
한잔 술 탓인지 탐탁찮은 소리만
악기 끝으로 빠져나간다

휘몰아오는 씁쓸한 회한들
응급 처치하듯
부여잡기에 정신이 없는데

순간 들려오는 천둥 번개
쏟아지는 소나기 소리
하늘도 알고 울어주는가
놓고 싶지 않은

10월 마지막 날의 먹먹함을

차라리 잠 속으로

도망가 버릴까

손자의 주먹

백일 앞둔 손자
조그마한 하얀 주먹

음악 소리 울리며
빙빙 돌아가는 모바일

누워 있는 손자는
오동통한 작은 주먹 들어
동물들 얼굴
차례로 건드린다

아이구 잘한다 펀치 펀치!
입 오므리며 함께 소리 내는
알 수 없는 옹알이에
칭찬으로 답해주는 아기 엄마

펴지 않고 꼭 쥔 주먹

들어올리는 앙증스런 모습

내 아들 그맘때 못 느꼈던

거부할 수 없는 귀여움

할머니에게 주는

손자의 성탄 선물

손자 냄새

멀리 바다 건너서 태어난
손자와 지내다
돌아온 지 사흘

몸에서 옷에서
손자 냄새가
지워지지 않는다

손자 향내는
어느 향수보다 짙은가

옷의 냄새는 다 지웠으나
아무리 없애려 해도
눈앞에 떠오르는
손자 얼굴

그 냄새가 그립고

보고 싶어

마음은 또 다시 달려간다

바다 미풍
- Sea Breeze

보스턴을 방문한 때는
한 여름이었다
태양빛에 살갗이
타버릴 것 같은 오후였다
하버드 스퀘어를 걷다가 갑자기
서늘하고 상쾌한 기운이
온 몸을 감싸는 것 같았다
바다 미풍 이었다
바다에서 먼 도시 깊숙한 곳까지
배달되는 이 선물을 만나는 것은
행운이다

영화 속 마술바람이
휘이익 휘몰아 돌고 간 듯한
잠깐의 놀라운 경험
세상살이에 혼탁해진 영혼이
서늘하게 정화되는 희열
그 맛을 보았다

제3부

아버지의 노래

가을빛은 부드럽고

산중턱 낡은 나무 벤치 하나
햇빛 속에 오롯이 앉아 있다
마법에 걸린 듯 벤치에 앉아
팔도 정강이도 걷어 올린다

야트막히 속삭이는 바람
우아하게 몸 흔들어 답하는 가지들
가을햇빛은 나뭇잎 사이로 반짝거린다

바람 따라 나뭇잎
한 잎 두 잎 떨어지고
흩어진 낙엽들
아름다운 캔버스를 만든다
예쁘게 물든 낙엽들 골라
소쿠리에 담아두고
벤치에 앉아 부드러운 가을빛 독차지한
이 그득한 여유

동화 속 어린이가 되어

가을잔치 속으로

흠뻑 빠져버린다

친구 필례

여고 친구 필례
어린 시절 용기 내어
아버지께 제 이름도
언니들처럼 '숙'으로 끝나게
이름 바꿔달라고 졸랐더니
아버지는 웃으시면서
그럼 필숙으로 할래? 하시더란다

여기까지 얘기 듣던 난
필례가 훨 더 멋진 이름이라 소리쳤지만
셋째 딸인 친구는 할머니께 보내졌다가
일곱 살에 집으로 돌아왔으니
아마 동질감을 더 느끼고 싶었던 것일 게다

맑고 밝은 친구는
남동생 셋 여동생 하나가 있다
결국 아버지는 소원성취하신 셈 아닌가

친구의 지난 이야기지만

어찌나 정겹고 애틋한지

가끔 꺼내 생각하곤

혼자 미소 짓는다

매미

초복 지난 이른 새벽
매미 우는 소리에 고개 돌리니
방충망에 달라붙은 매미 두 마리
기를 쓰고 떠들어댄다

어릴 적에는 멀리 매미들 합창소리가
더위 식혀주는 청량제였는데
이제는 열대야와 함께
새벽잠 날려버리는 방해꾼이다

암컷을 향한 수컷의 연가라 하지만
유충으로 오랫동안 땅속에 있다 올라와
지상에서 한 달 살다 갈 매미의 외침은
여름마다 우리를 찾아오는 괴로운 노래가 돼버렸다

올해는 '강력 사절'이라고 써 붙일까
몇 마리씩 찾아와

죽음 맞는 내 방 창틀

더 이상 매미의 주검이 없기를 바란다

길 고양이

어스름 불빛
버려진 쓰레기봉투들 사이
감춰진 날렵한 움직임

한 발짝만 다가서면
날아올라 할퀴기라도 할 듯
뒤돌아보는 써늘한 눈매
치켜 올라선 날씬한 긴 꼬리

거리의 꽃나무 덤불 속 어딘가에서
세상으로 나온 날렵한 어린 동물

누군가 데려가주지 않으면
저런 삶이 대를 이을 테지
집시 부모에 그 아이들이
닮은꼴로 살아가듯이

싸늘해진 밤공기에 실려오는

잠깐의 연민

떨어져서 바라보는 내 모습

가로등 불빛 속으로 흩어진다

다큐 '물숨' Breathing Underwater

바다 저 밑에서
숨을 참는 한계는 대략 3 분
참지 못해 숨을 쉬는 것이
물숨
이 물숨은 바로 죽음으로 연결된다

제주 바다의 해녀는 3000여 명
7살의 어린 소녀도
89세가 되어버린 해녀도
바다로 나간다
그들의 바다 사랑은
이를테면 중독과 같은 것

엄청난 수압을 견디려 두통약 먹어도
하루도 물질하지 않으면 허전해하는
해녀라는 이름의 여인들
그들의 목숨 건 바다 속 침수

반찬값, 남편 술값, 자식 유학자금 등
모두 해결해준다

봄날 우뭇가사리 철
비쳐오는 햇살이 따스해도
바다는 여적 겨울 끝자락
일년 중 가장 많은 실적 올릴 수 있으나
해녀들의 사고도 가장 많은 때

3년여 다큐 촬영 동안
모녀가 나란히 물질하던 중
사고를 당한 어머니
바로 옆 바다에 딸이 있었어도
어쩔 도리가 없는 게
바다 속 세상

본인들의 잘못으로 생겨난 일이라고

해녀들은 바다를 원망하지 않는다

매일 물질할 수 있게
자식들 뒷바라지할 수 있게
언제나 그 자리에 있어주는
바다가 고맙고 고맙다

바다 사랑과 삶의 투쟁이 엉킨
3분의 마력과 위험
벗겨진 인생 모습
보는 내내
가슴 아린다

세월

정신없이 까르르 웃어 넘어가는
15살 나를 보고 아버지는
'굴러가는 말똥만 봐도 우스울 때다'며
미소 지으셨다

산으로 올라가는 길
가지에 매달린 단풍잎들
동그랗게 몸을 말고
아슬아슬하게 매달려 있다

수십 년 고개 넘어온 오늘
말라서 더 작아진 단풍잎
불어오는 바람에
곧 떨어질 듯 위태롭고

그걸 보는 내 마음
말똥 보는 마음과는 반대로
왠지 쓸쓸하고 애닳아진다

잃어버린 화요일

화요일은 엄마 계시는
요양원 방문하는 날
이젠 과거시제가 된다
가신 지 석 달이니

아침에 준비한 과일과
백화점 개점시간 맞춰
즐기시던 빵을 사서
북악터널 거쳐 가던 길

코로나19 사태 이후 8개월
얼굴 뵙지 못한 채
나의 그리움과 안타까움은
문 앞에서 전달만 되었다

이젠
그 일상이 멈춰버렸다

그 길로는 갈 수가 없다

화요일은 뭘 해야 하나

화요일에는
길 잃고 어쩔 줄 모르는
아이가 돼버린다

친구의 눈빛

통증이 갈수록 심해져
어깨에서 팔까지 내려왔다

한쪽 팔을 떼버리고 싶을 정도로
낮밤으로 괴로움 계속되니
일그러진 내 얼굴
보다 못한 친구
간절한 눈빛으로 쳐다보았다
한번만 더 의사를 바꿔보라더니
다음 날은 그 남편까지 전화했다

결국 또 다른 의사한테 갔고
반으로 줄어든 통증
친구의 간절한 소망에
악마 같은 통증이 손들고 말았나보다

밤하늘 별빛 닮은

친구의 눈빛은

내 삶을 비춰주는

등불이 될 터이다

아버지의 노래

크리스마스이브가 되면 아버지는
수동식 테이프 녹음기 틀어놓고
식구들이 돌아가며
노래를 부르게 하셨다

그 때는 아버지가
좋아하는 노래를 부르신다고 생각했다
나이가 들면서
박자도 음정도
약간씩 어긋난다는 걸 알게 되었다

기분 좋으실 때면
아버지 특유의 발음으로
자주 부르시던
'대니 보이'

시간의 태엽을 되감으면

구름처럼 나타나는 그리운 장면들

플룻으로 불어보는

아버지의 들쑥날쑥 그 멜로디

마지막 병상의 모습이 아닌

젊은 날의 흡족한 얼굴로

아버지는 오늘 저녁

나의 플룻에 맞추려 애쓰며

노래 부르신다

나탈리아

모스크바 이즈마일로바 시장
전복 껍데기에
푸시킨의 부인이
그려진 브로치

큰아이가 그 브로치를
가져야겠다고 고집했다
브로치를 두고 다투는 아이들
다른 여인이 그려진 브로치를
둘째아이에게 사주며 달랬다

열여섯 내 아들도 혹한
러시아 역사상 최고의 미인

바람난 남자와의 권총 결투로
남편을 죽음에 이르게 했다는
나탈리아의 마법 같은 아름다움이

큰아이에게도 작용한 것일까

브로치는 결혼 때 함에 들어가
지금은 며느리 차지가 되었다

어느 행복

매콤한 맛 살린
뜨거운 콩나물국
검은콩 현미밥과 배추김치

그 위에
무어의 피아노 반주와
디스카우의 목소리가 만든
'물 위에서 노래함'을 얹어
영혼을 달래는
에메랄드 같은 양념을
저녁상에 올려놓는다

이 저녁
어떤 행복을
더 바라겠는가

목소리

벌레들도 숨어버린 밤
홀로 깨어 귀 세우면
이름 부르며 다가오는
목소리

수십 년을 보내고 난 지금
멀리서도 알아차릴
반가울 목소리
다시 들을 그 목소리

남은 세월도 마저 보낸 훗날
생명이 세월을 이기지 못할 즈음
한번 더 날 부르며 나타날
목소리

이별의 소리
마지막 너의 목소리

섬뜩한 경험

코로나 검체 검사받던

다섯 살 남자아이

검체 면봉 부러져

콧속에서 식도 타고 넘어가

사흘 만에 대변으로 배출됐다는 뉴스

섬뜩한 가슴 쓸어내린다

이 미망의 팬데믹 현상을

어찌 감당해야 하나

이젠 2차 접종도 무효라며

3차 접종, 백신 패스를 종용한다

앞으로 몇 번을 더 맞아야 할까

많은 사람들의 일상 바꿔놓더니

아이들까지 이런 위험에 노출되어야 하나

딸과 며느리가 차례로

출산 앞둔 어미로서

기쁘고 축복하는 마음보다

매일 매순간이 살얼음이다

출산까지 부디 무사하기를

오늘도 자비를 간곡히 구하는 기도로

아침을 맞는다

노루의 눈빛

윗새 오름에서 내려오는 길
뽀얀 안개 세상이다
아무리 둘러봐도
사람 기척이 없다

어디선가 들리는 바스락 소리에
놀라 고개 돌리니
건너편 비탈에
새끼노루가 우뚝 서서
쳐다보고 있다
놀라 긴장한 눈빛
잠시 서로를 지켜보다
노루는 풀을 뜯고
나는 산길을 내려온다

노루의 천연한 얼굴과
맑은 눈빛의 감동이

밤하늘 별빛으로

가슴 속에 살아 있다

노란 연민

정원 한 언저리
애써 피어올라온
노란 장미
흑장미 분홍장미 다른 꽃나무들
뽐내듯 늠름한데
늘 기죽은 듯 숨었다가
살그머니 얼굴 내밀던
수줍은 꽃잎
눈부시게 찬란했다

아침마다 살펴보던
꽃봉오리
아치라운 마음
기도하듯 쏟았는데
빗줄기 야속하게 내리친 후엔
힘없이 도로 주저앉아
마음도 따라 내려앉던

그 6월 아침이
가슴에 불씨처럼 살아 있어
노란 연민을 되살린다

건강이 도움 되지 못해
크지 않던 꿈 다 피우지 못해도
최선으로 노력하는 친구의 모습
노란 장미와 겹쳐
손잡아 끌어당기려
간절한 기도가 절로 나온다

신이여
조금만 더 건강을 허락해주소서

갈매기

남겨진 햇빛이
갯벌을 깊숙이 비추고
저녁거리 장만하는 갈매기들
마지막 움직임이 활발하다

멀리 수평선에 앉은 둥근 태양
오늘의 마감시간 알리며
조금씩 사위어가고
주황빛 여운餘韻 속
새들의 몸짓도 하나씩
다가오는 어둠에 잠겨든다

새들의 날갯짓 끝자락에
최선을 다한 한낮의 꼬리가
아름답게도
슬프게도
매달려 팔랑거린다

살아 있어 살고 있어

더 행복하려는 투지도

어김없이 동터오를 내일에게

잠시 미루어놓으려

저렇듯 피할 수 없는 직분을

검은 고요 속으로 감추고 있나

바다는

갈매기의 하루 마무리를

넓게 싸안으며 미소 짓는다

겨울새

잠든 사이 몰래
시작된 첫눈
아침마저 어둡게 깔아두고
사선으로 무겁게 흩뿌린다

놀라고 신나 하며 밖을 보는데
하염없이 며칠을 일상처럼
내리고 쌓이던 모스크바의 눈
그 하얀 풍경이 그대로 겹쳐온다

멀리 보낸 아이들 생각에
암울했던 20년 전 겨울날들
짙은 눈발과 함께 옮겨와
잠시 온몸이 굳어온다

겨울새 몇 마리
잿빛 기억 깨버리듯

쏟아지는 눈발 속을

활기차게 날아 멀어져가고

제4부

머무르고 싶었던 순간들

어느 가을날

가을이 가고 있다며
나가자는 친구 제안
두 말 없이 나섰다

자하문 손만두 집 마당의
가을 옷 입은 꽃나무들 보며
만둣국 국물까지 비우고

윤동주문학관으로 향하니
작은 꽃들과 반쯤 물든 잎사귀들
잎들 떨구고 남은 빨간 마가목 열매들
예쁜 페인트 옷 입은 작은 집들이
발걸음을 잡아끌었다

인왕산 산책로
노란 소국들 인사에
우리는 흠뻑 젖어들고

초소 책방 야외 식탁에서
에그따르뜨와 라떼에도
최고의 맛인 듯 행복해했다

짧아진 가을의 하루는
엷어지는 태양빛에
수그러드는 기온과
저물어가는 길섶을 훑으며
돌아오는 우리를
말없이 따라오고 있었다

식당이 된 그곳

영친왕이 굴욕과 외로움에 살았고
덕혜옹주가 설움을 삼키며 머물던
동경 시내 그 건물 지금은
격조 있는 서양 식당이 되어 있다

일층 안쪽의 깨끗한 화장실
편안하고 단아한 대리석 장식
차만 즐길 수 있는 또 하나의 방
젊은이들 가득 앉아 담소 나눈다

뒤쪽 작은 정원 잔디 위
흰 드레스 신부가 거닐고
앞쪽 테라스 꽃 놓인 식탁엔
일요 점심 즐기는 일본인 노부부

바닥과 집의 골격
지붕에서 내려오는 물받이 양철통

그대로 살려두어

역사적 사연의 집터임을 말해준다

삶을 이어갈 방도가 없어

집을 팔 수밖에 없었을 때

무너져 내렸을 자존심

그대로 전해 받고는

커다란 유리잔에 담겨 온 콘소메

유럽풍의 향긋한 요리들

초대받은 고마움에 삼켜보나

뱃속에선 받아들이기 쉽지 않고

잠시 왕손의 영혼들에게 고개 숙였다

오늘은

봄비 속을 걸었다
오늘은 딸이
학생 때 알바해서 선물한
아이보리색 실크 스카프
취직한 후 사준 가방
그 애가 쓰던 하늘색 우산까지 함께

지가 해준 선물 얼른 사용 안한다고
불평하곤 했었지
이렇게 요긴하게 쓰고 있는 걸
알기나 할까

고맙다 아꼈다가 나중에 쓸게
엄마는 너무 행복해
왜 더 흡족하게 말해주지 못했을까
사진 찍어 보내주면 좋아할까

엄마랑 결혼하겠다던 그 애
마냥 가까이 있을 줄 알았는데
멀게만 느껴지는 오늘은

가슴속 아쉬움을
우산 위 빗방울과
함께 흘려보내고

보고 싶은 마음
비 고인 길바닥에 내딛는 발걸음
탁탁 소리 내며 감춘다

처서

해 떨어진 8월 저녁
밖으로 나서니
얼굴 훑고 가는 선선한 바람
놀랍고 반갑다

비마저도 무서워 비껴간
수십 년만의 기록적인 더위

헉헉거리는 힘겨운 일상
더위로 유명을 달리한 소식들
깨져버린 자연의 질서가
조상이 만들어둔 절기도
흩뜨려 놓았다며 툴툴거렸는데

입추와 말복 다 지나간 지금
다르게 느껴지는 바람

잔잔한 일상의 즐거움으로
꺼졌던 활기가 살아난다

처서를 맞으며
오늘도 밝아오는 아침이
살아 있음을 감사하게 하고

탄산수

한 코미디언이 "크리수마수 이부 입니다" 하자,
코미디언 구봉서 씨가
"난 이부 이자 낼 수 없소"
했던 하이 코미디!

우리가 젊었던 시절
힘들고 고달팠던 일상 끝에
즐거움과 폭소를
안겨주던 코미디 1세대

양쪽 아랫볼에 작은 알사탕이 박힌 듯
엷은 미소 띤 얼굴
친밀감 가득한 눈매
구수한 목소리
그 얼굴 보기만 해도
웃음보 터질 것 같았다

굉장한 열성 팬은 아니었는데

늘그막에 와서

그 분의 코미디가 새삼 그립다

3년차로 접어든 코로나 스트레스

팍팍해진 일상의 탈출구 같은

탄산수가

절실히 그리운 요즘이다

마음 다잡아

아침부터 내려앉는 마음
종일 추스리려 안간힘 쓴다
오후 시모임 겨우 챙겨 나갔건만
돌아와서도 기분이 바닥이다
어느새 코로나 블루에 빠져버렸나
다시 마음 다잡아
힘들게 저녁밥까지 해결한다

처지고 울적해지는 기분
마냥 내버려뒀다면
칠십 년 긴 여정
어떻게 헤쳐왔을까
이젠 내 두 아이뿐이 아닌
양쪽의 넷을 챙겨야 하니
용기도 에너지도 잘 분배해야 하는
책임감
그에 따라오는 희열까지

샘물 긷듯 당겨 올린다

내일도 이 투지 이어갈 수 있기를

희망

아기 우유 사기도 힘겨웠던 시절
유모차 안의 아기가 잠들면
찾아가던 커피숍 창가
그 커피와 함께 일구어낸
해리 포터의 인생 이야기
언제나 햇살이 있던 그곳은
조안 롤링에게 허용되었던
가느다란 희망이었다

두 번째 시도한 출판사에서
2,000불에 출판을 받아줬다는
진행자의 말을 들으며
운전대 앞을 바라보던 내 눈에서
눈물이 흘러내린다

'삶은 희망이다' 는
나의 좌우명처럼

그녀의 간절한 희망이

태양처럼 빛나기 시작하는 순간

마치 나의 꿈이 이루어진 것처럼

조안이 해리에게 걸어둔

정의의 희망이

마술 빗자루를 타고

날아오르기 시작했다

포장마차

동네 포차 앞에 서 있노라니
거리음식 절대 불가이던
어릴 적 울엄마
어느 날 남동생 셋이
장 보러 가신 엄마한테
현장 발각되고는
지옥 문턱 밟고 온 얼굴들로
엄마 에스코트 받으며
돌아와 꾸중 듣던 일
그대로 눈앞에 펼쳐지는데

울엄마 지금 날 보시면 웃으며
같이 서서 먹지 않으실까
엄마가 옆에 서계신 듯해
잠시 저 하늘로 시간여행 하는데

오징어튀김 위에

다진 파 간장 올려 먹으라는

젊은이 말대로

즐기는 내 모습이 더 웃겨

실컷 먹고 났더니

속이 니글니글

물만 자꾸 땡기네

단풍잎

출근길 눈길 멈추게 한
어느 자동차 옆 유리창 위
빨간 단풍잎 하나
한참 지나쳐가다 돌아와
가만히 잡아 올린다
지난밤 거센 빗줄기
불어대는 바람에 시달린 채
녹초가 된 모습 그대로다
마지막 가을 춤추려다 꺾인
아쉬움 전하고파
환해오는 햇빛 받으며
누군가를 기다리고 있었던 걸까

인연因緣을 떠올리며
종이냅킨으로 고이 닦아
'겨울나그네' 책
가운데 갈피에 조심스레 끼운다

이 조우遭遇의 순간을
책갈피에 담아뒀다가
내년에 다시
이 행복의 순간을 되새김질해볼 테지

높고 푸른 하늘
깨끗한 흰 구름
11월의 은은한 햇살
살랑거리는 가을바람도
함께 꺼내 펼쳐보며
한 해의 풍성한 결산을
높이 흐르는 구름에
담아보련다

효자 아기

1월 15일 셋째 손주인
외손자가 태어났다
3킬로로 작고 쉽게
금방 세상으로 나왔다
인물도 좋은데
인상도 좋고 잘 웃는다
날이 갈수록 우유도 잘 먹어
금방 오동통이가 됐다
엄마 힘들게 하지 않아
효자라 칭찬해준다

누나와 쌍둥이처럼 같아 보이더니
백일이 지나면서
남자 아이 모습 역력하다
착하고 영리한 누나로부터
커가면서 많은 도움 받을 테니
복이 많다 생각된다

방긋방긋 웃는 얼굴로

건강하고 행복하게 자라다오

외할미가 응원할게

피칸 파이

아침에 일어나 보니
아들 며느리와 함께 하는
카톡 단체 창에
반쯤 먹은 피칸 파이 사진
며늘의 긴 메시지가
차례로 올라온다

어머님이 좋아하시는
피칸 파이 먹고 있다고
같이 못 먹어서 아쉽다고
속으로는 별 걸 기억한다 하면서도
맛있게 내 몫, 뱃속 아기 몫까지
많이 먹어라 한다

오늘 점심은
피칸 파이 사진으로 때워도
배고프지 않을 거 같고

팬시리 늦가을 하늘이
더 높고 청명해 보인다

머무르고 싶었던 순간들

사춘기에 막 들어섰을 때
가뜩이나 무거웠던 책가방에
소설책을 넣고 다니며
수업시간에도 몰래 읽곤 했다

그 중 먼저 떠오르는 책
'머무르고 싶었던 순간들'

선생님들의 너그러운 묵인
짝꿍의 의아한 눈빛은
나의 일탈에 영향주지 못했고
손에 잡히는 대로 읽던 책들
짜릿하고 흥미진진했다

다시 돌아갈 수 없는
십대의 가슴 뛰던 순간들
머무르고 싶었던 그때를

시간 이동해 보며

세월의 급물살 타고 온 지금
필름처럼 눈앞에 스쳐지나가는
그 시절 그 시간들
아련한 그리움이 가슴 적시고
'케 쎄라 쎄라' 노래 불러보며
잠시 내 몸은 그네를 탄다

야누스

1월 January
앞과 뒤를 다 볼 수 있다는
로마 신화의 신
야누스 Janus에서
생겨났다 한다

지나온 날들 돌아보는 눈
앞으로 올 날 살펴보는 눈
1월에는 야누스 신처럼
양쪽을 볼 수 있는 혜안으로

과욕 없는 한결같은 일상과
같은 실수 되풀이하지 않을
겸손하고 수용적인 현명함을
새해 간절한 소망으로 실어
동녘 환하게 떠오르는 태양
감사함으로 맞는다

거역할 수 없는

눈밭을 헤치고 노랗게
밀고 올라오는 복수초
눈꽃처럼 피어나는 매화
주황빛 화사한 군자란
너희는 왜 그다지
봄을 갈구하는가
어차피 올 것은 오고
갈 것은 스러지고 떠날 것을
무엇이 그토록 바빠서
오가는 것을 재촉하는가
나만 홀로
그들을 가지 말라고
영혼을 다 쏟아 애원했었나
꽉 잡고 놓지 않아도
갈 것은 어느 틈에 가고
올 것은 밤사이 몰래 와 있어
거역할 수 없는 놀라움 속에
오늘도 일상은 흐른다

야속한 친구

친구가 세상 떴다는 소식
믿기지 않았다
칠 년이 넘는 암과의 전쟁
곁에서 지켜봤어도
그 죽음 받아들이는 건
도대체가 쉽지 않았다

열흘 전 병문안 갔을 때만 해도
두런두런 얘기 나누었고
한 번 더 끌어안는 친구에게
또 오겠다고 한 약속
이젠 허사가 돼버렸다

장례식장 하얀 꽃들에 둘러싸여
환하게 웃는 얼굴로
왈칵 눈물 쏟게 한
야속한 친구

예측할 수 없는 그 언젠가 나도
저 꽃들 속에서
친구처럼 웃고 있을까

살아가야 하는 여정
염려와 두려움이
성큼성큼 다가오는데
세상 사는 이치가 새삼스레
더 서글프게 가슴 울린다

21세기에 전쟁이

2022년 2월 24일
러시아가 우크라이나를 침공했다
오늘이 사흘째가 된다

민간인을 해치지 않는다 했지만,
이미 수백 발의 미사일 포격
부서져 내린 아파트 모습도 뉴스에 보인다
딸만 안고 폴란드로 피신한 여성
끝까지 싸울 것이라며 단호하게 말한다
자신을 크림반도 다리 폭파 무기로
사용한 군인의 희생도 보도된다
우크라이나 전, 현직 대통령과 국민들이
보이는 결사 항전의 기세가 강렬하다
전 세계가 우크라이나를 응원하기 시작한다

남의 일로 생각되지 않는다
종전선언, 협정, 조약은

무용지물이 돼버리는 현실

자국의 경제력, 군사력과 동맹만이 필요해 보인다

북한과 러시아, 중국대륙과 일본에 둘러싸인 한국

북한 탄도미사일 오늘로 올해 8번째 발사이다

자유 민주주의를 지키며 살고 있는

우리의 미래는 안전한 것일까

똬리

막 닫히는 엘리베이터 문

급히 누른 버튼에 친절하게 답하듯

슬며시 다시 열린다

고맙다 인사하는 내 앞에

나지막이 쟁반을 이고 서 있는 여인

마스크 밖으로 까만 두 눈이 웃고 있는데

여인의 머리 위에

둥근 쟁반을 받치고 있는 똬리가 보인다

옛 시절이 돌아온 듯 반갑다

쟁반과 그 위 음식 그릇들

흔들리지 않게

여인의 정수리

아프지 않게 하니

보는 사람 마음이 흡족하다

여인의 따뜻한 눈매만큼이나

어여쁜 똬리

그 위에

쟁반이나 물동이 얹고는

양손 자유로이 움직이며 걷는 여인들

서커스 보듯 신기했던

어릴 적 거리 모습이 되살아난다

제5부

아카시아꽃 카펫길

젊은 여성

'일흔네 살 젊은 여성입니다~'
라디오 음악 신청인의 첫 구절 듣고
가슴이 환해져 온다
얼마나 사랑스럽고 열정 가득한가
지나온 세월의 희로애락 모두 넘겨온
당당한 모습
귀걸이 목걸이 반지를 즐겨 장식하는
같은 연배 어느 선배 모습도
겹쳐 떠오른다

긍정적이고 삶을 즐길 줄 아는
젊은 여성의 신청곡 들으며
비 개인 초가을 아침 햇살은
맑게 빛나고
오늘은 활력 넘치는
또 다른 하루를 살 것 같은
덩달아 우쭐한 기분이 든다

짜장면

짜장면은
언제 먹어도 맛있다
1970년대 어느 토요일
어머니는 짜장면을
오남매 것만 주문하셨다
동생들이 남긴 것을 드셔도
충분히 배부르다 하셨다
그 때를 떠올리면 지금도
마음 푸근해지고 기분 좋아진다
엄마, 동생들, 먹고 싶은 음식, 토요일,
모두 행복 조건들이다

어느 시인의 짜장면 추억 시를 음미하다
청포도 같은 어린 시절 회상하니
그리움과 함께
싸상년이 넉고 싶다
그 시절 어린 내가 되어

드라이브

양평 굽이길 따라
좌우에 펼쳐지는
자연의 소근대는 소리를
눈으로 듣는다

연두에서 초록으로
옷 갈이 하는 중이다
어제 밤 봄비에 목 축이고
잔잔한 바람에 산들산들
장단 맞추는 잎들
봄 햇살 받아
맘껏 푸른 기운을 내뿜는다

팔랑팔랑 날아다니는 흰나비
둥둥 떠다니는 민들레 꽃씨들
풀섶 헤집는 까치 한 쌍
멀리 들리는 비행기 소리까지도

마냥 여유롭고 평화롭다

그 속에 흠뻑 잠긴 시간
감사의 마음이
가슴을 가득 채운다

춘천의 하루

느지막이 춘천역에 내려

명동 먹자골목서 닭갈비 먹고

버스로 춘천시내 돌아보고

삼악산 호수 케이블카로

하늘을 건너간다

밑에는 북한강 의왕댐

배 한 척이 햇빛 받으며

하얗게 움직인다

검은 태양광 패널에 덮인 붕어섬

거북이 등처럼 보이고

초록의 산등성이 병풍 모습인데

근사한 선물 받은 듯 기쁘다

케이블카 내려서 오른 나무 산책로

멋지게 가지 뻗은 소나무며

산비탈 철쭉 만나고 내려와

뿌듯한 기분 안고 까페에 들른다

창으로 보이는 바깥 풍경에

활발한 삶의 모습 즐기고

댐 옆길 따라 걸으며

상상마을로 간다

보랏빛 등나무꽃 춤추는 벤치에 앉아

댐을 보며 물 한 잔 마시고

봄나들이 일정 정리해본다

의왕댐 석양은 남겨 둔 채

남춘천 역으로 향하며

봄의 생명력 한 자락에

한 몫 한 기분으로

흡족한 저녁을 맞는다

줄장미

6월이면 빨간 줄장미가
둥그런 울타리 타고 만발해
그 밑을 지나갈 때면
행복하고 황홀했습니다

줄장미 꽃을 피우려고
아버지는
이른 봄부터 일요일 아침이면
가지치기를 하셨습니다

정원 한 켠을 뒤덮은 줄장미들은
다른 어떤 꽃들보다
발랄하고 찬란한
우리 가족의 꽃이었습니다

햇빛에 반짝이는 줄장미 송이송이
오늘도 나는 흠뻑 취해 있고

아버지는 저만치 서서

그런 딸을 보며 웃고 계십니다

어쩌면 천국의 정경인지도 모릅니다

뻐꾸기

뒷산에 뻐꾸기 운다
이른 아침 열린 창문 넘어와
삶을 응원하는 것 같다
나지막하지만 힘 있게
언제나 변함없는 목소리로

지난여름 뒷산에 올랐을 때
뻐꾸기 울음소리 따라
나뭇가지 사이를 훑어봐도
그의 모습은 찾지 못했다

어제도 산책로 걷다가
반짝이는 초록 잎들 보며
뻐꾸기가 간절히 그리웠는데
나의 바람에 응답하듯
뻐꾹 뻐꾹
반갑게 울어주었다

기쁨에 어쩔 줄 몰라

발걸음이 흥겨워졌다

뻐꾹 뻐꾹

내년 5월에 또 만나자

얼굴 가득 넘치는 내 미소

알아차렸을 테지

아카시아꽃 카펫길

광나루 지나 아차산길
푸른 하늘 드높고
새들 소리 맑고 경쾌하다
샛노란 금계국
한들거리며 반가워한다

두 주 전 흠뻑 마셨던
아카시아 향기 그리워
다시 왔는데
그 꽃들 모두 떨어져
베이지꽃 카펫을 깔았다
밟을 때마다
사그락거리는 속삭임
찬찬히 음미해본다

짙은 아카시아꽃 향기
내년을 기대하며

서운한 마음 봄바람에 날려버리고

아카시아꽃 떨어진 길을

하염없이 걷는다

꼬꼬맹이

석 달 된 아기가
긴 시간 비행기 타고 왔다
네 번째 손주이자 세 번째 손자다
또래에 비해 큰 축에 든다는데
아직도 조그맣게
누워 자는 모습은 인형이다

그래도
성격이 있고 선호가 뚜렷하다
젖은 따끈해야만 먹는다
한 달이 지나면서
맘에 안 들면 젖병을 손으로 밀어낸다
옹아리로 벌써부터
엄마한테 재잘거리기도 한다
거세게 울기 시작하면
모두 정신없이 당황하게 만든다
물론 웃기도 잘 한다

웃는 모습은 일품이다
제 형의 말소리가 들리면
표정이 달라지며 귀 기울인다

열흘 밤 지낸 뒤 외가로 갈 때
동그랗게 할미 쳐다보던 눈동자
며칠 지나도 눈앞에 아른거린다
아기의 존재가 이렇게 크다니
역설이고 진실이다
거부할 수 없는 꼬꼬맹이
영원한 광팬이 된 할미
입꼬리가 절로 올라간다

산당화

동네 주변을 걷다 만난
산당화
한 달 전 제주에서
친구가 보내온
사진 속 활짝 핀 얼굴
봉오리로 만났네

빼꼼히 얼굴 내민 봉오리들
빨갛게 올망졸망 붙어서
꽃 피우려 앞 다투는
자연스런 생명력
새삼 감동으로 다가온다

매년 봄소식 알리려
추운 겨울 잘 견뎌내고
자신의 목표 달성에
소홀하지 않는 모습

사랑스럽다

산당화 어여쁜 모습 본 친구도
기특한 마음으로
가장 멋진 모습 찾아
정성들여 사진에 담았을까

그 모습은 파스텔화로
나의 그림이 되어 있다

친구 희숙

성북동 사는 희숙
걸핏하면 반찬을 만들어서 가져온다
고만 주라고 질색하는 걸 의식해서인가
최근엔 좀 뜸했는데
며칠 전에는 김치 세 가지를
문 앞에 두고 갔다

가까이 살고 있는 이유라 해도
99세 어머니를 매일 돌보며
종종거리며 사는 친구라
살뜰한 특혜가 더 크게 다가온다

갈수록 소중하게 여겨지는 친구
서로 주고받는 즐거움에
언젠가 본 아름다운 저녁노을처럼
내 맘도 환해진다

보름달

깜깜한 거실을
환하게 밝히는 달빛
끌리듯 창밖을 본다

감청색 짙은 하늘에
고요히 떠 있는 둥근 달
지난 세월 실어둔
수많은 꿈들
다 모아 담고 있나

그 꿈 바구니 덜컹 따내려와
보름달 빛에 비춰보며
소꿉친구와 얘기하듯
주거니 받거니
이 밤 지새고 싶다

입맛

몇 달 안에 남편과 외아들을 차례로 저세상으로 보낸
박완서 작가에게 박경리 작가는
"먹어라, 먹어야 살고, 먹어야 글을 쓰고,
글을 써야 자식 잃은 엄마들을 위로할 수 있다.."
하셨단다
26살 외아들을 보내고
어떻게 입맛이 났겠는가

입맛!
그걸 놓치면 세상 끝내는 거와 같다
요즘 쓰디쓴 입맛과 투쟁하느라
갖은 방법을 다 동원해본다
먼저 보낸 자식을 위해서가 아니고
아직도 창창히 살아나가야 할
자식들과 그 아이들까지도
돌봐주려는 마음으로
무슨 큰 힘이 되어준다기보다

엄마와 할머니 자리

지켜주는 것으로도

안정감 잃지 않는 생활 이어갈 것 아닌가

직접 경험해보니

입맛을 유지하는 것이

참으로 중요한 일인 거 같다

살아 있으면 먹어줘야 하고

일상의 사소한 일이

절대적으로 필요한 것임을 크게 깨닫는다

갈등

5월이 되면 뻐꾸기는
알을 낳기 시작하는데
다른 새들 둥지에 몰래 낳는다

온몸을 바쳐 단단히
새 둥지 짓는
붉은머리오목눈이 새
알도 푸른 색 닮은꼴로
자기 알들보다 큰 뻐꾸기 알을
너그럽게 같이 품는다

뻐꾸기가 먼저 알 깨고 나오고
어미가 물어다 주는 먹이도
독차지하며 받아먹다가
알에서 깬 오목눈이 새끼와 알을
둥지에서 밀어내 죽게 하는 새끼 뻐꾸기

침략, 탈취, 기만, 살상...

자연에서는 생존전략으로 용인되는 걸까

뻐꾸기 소리 좋아하는 난

갈등에 빠진다

그래도 5월이면 계속

뻐꾸기 소리를 기다려야 할지를

해거름

낮이 사그라져가고 밤이 다가오는 길목
밝음이 멀어지고 어둠이 퍼져든다
안개가 스멀거리며 감싸오듯
어느새 앞에 와서 가슴을 녹인다

멀리까지 펼쳐지는 코스모스밭길
나긋나긋 모습들은 더 고와지고
주변 모습들은 짙어져 없어지는데
고요하게 엄습해오는 새까만 어두움

언젠가부터 이 순간이 좋아졌다
들녘에서 맞는 하루의 경계선
다가오는 이 깜깜함을 맞는 희열
이 기다림의 순간이 참으로 좋다

생을 마무리하고 떠나는 시간도
해거름을 기다리는 반가움처럼

고요한 마지막 즐거움이기를

바라며 기도한다

수호천사

밤사이 내리기 시작한 눈이
금요일 아침을 하얗게 펼치고
출근길 차들은 갇힌 듯
막혀 답답하다

남쪽으로 향한 길
잠시 가늘어진 눈발 사이로
왼편 먼 곳에 아침 해가
옅은 황금빛으로 나타난다

끝없는 형통亨通과 자비
희망을 약속하는
나의 수호천사이길 바라며

폭설이 내려도
미세먼지가 하늘을 뒤덮어도
알 수 없는 위협이 닥쳐도

변함없는 천사의

철갑 보호를 믿으며

오늘도 하루를 시작한다

습관

마흔 중반을 넘긴 큰아이
청년시절 어느 날부터
식사 끝에 반찬을 남기는 걸 알게 됐다
이전에는 모든 걸 너무 잘 먹어줬기에
엄마 설거지 쉽게 먹어달라고도 해봤지만
그는 덤덤히 별 말없이 지나쳤다

얼마 전 그의 식구들이 와서
여러 날을 같이 지냈다
어느 저녁 식사 후
마지막에 일어선 큰애 앞에 놓인 접시에
닭고기 한 점이 남아 있었다
잊고 있었던 이전의 광경이었다

왜 마지막 한 점은 남기냐고
새삼 웃으며 물어볼까 싶지만
답은 이미 아는 것이다

무심한 척 엄마 말 듣고
어깨만 들어올릴 뿐일 거라는 걸

엄마도 몰랐던 야릇한 습관
이타적인 그의 심성에서 나왔나

내가 미처 깨닫지 못하지만
남들은 알고 있는
나의 야릇한 습관이나 버릇이 없는지
새삼 돌아보게 된다

묵설 스님

포항 내연산 문수암
버려질 위기에 처한 절을
20년 넘게 혼자 지키고 있다는
묵설 스님
어머니 일찍 여의고
매일 굶다시피 하다
세 끼 밥 주는 사찰에 감동해
불교와 인연이 됐다 한다

넉넉한 아량이 보이는 얼굴
가톨릭신부와 연을 맺고
서로 도우며 상생한다

신부님 부탁받고 간 성소에서
성모상 주변 잔디 깎기 봉사를
관세음보살 위하는 것으로
생각한다는 열린 스님

가톨릭이나 불교나

사랑하고 자비 베풀라는 건

같은 기본 교리라 말한다

앞으로도 지금처럼

변함없는 모습으로 정진

성불하시기 바라며

김동연 작품 해설

|

덧없는, 또는 간절한 행복 그리기

이상호(시인, 한양대 명예교수)

1. 일상의 놀라움

김동연 시인의 첫 시집 『어느 가을날』의 출판 원고를 일차로 검토하는 과정에서 느낀 첫 소감은 '진정성'이 다분하다는 점이었다. 시를 위한, 시를 만들기 위해 억지로 꾸민 자국은 잘 보이지 않고 자기 삶에 대한 진솔한 정서가 비교적 짙게 드러나기 때문이다. 이런 유형의 서정적 양식(서정시)은 대체로 독자들이 편하게 만나고 쉽게 공감할 대목이 많은 게 장점이다. 천박한 자본주의의 여파가 미치지 않는 구석이 없을 만큼 온통 뒤죽박죽 번잡하게 흘러가는 세상에서 그나마 가장 순수하고 질박하고 사람 냄새 풍기는 구석이 남아 있는 시라는 예술 양식이기에 진정성은 독자들에게 참으로 소중한 요소로 받들어질 가능성이 크다.

이런 큰 가름을 거쳐 좀 더 세밀하게 꼼꼼히 읽으면서 나는 한때 '소확행小確幸'이라는 말이 우리 사회에 번졌던 기억을 떠올렸다. 무라카미 하루키(村上春樹)가 『랑겔한스섬의 오후』라는 수필집에서 처음 사용한 이 말은 '작지만 확실한 행복'이라는 문장의 줄임말이다. 그는 "갓 구워낸 따뜻한 빵을 손으로 찢어서 먹는 것은 나에게는 '작지만 확실한 행복' 중의 하나다."라고 표현한 것처럼 행복이란 일상 속 자잘한 것들에서도 느낄 수 있다고 긍정적 삶의 자세를 실감나게 표현했다. 김동연 시인의 시편들에서 내가 직감한 지점은 바로 이런 삶에 대한 '긍정'의 시심이다. 어떤 작품이든 '부정적 세계 인식'보다는 대개 주어진 삶을 긍정하며 거기서 즐거움과 행복을 찾고 누리려는 자세가 주류를 이룬다.

김동연 시인의 시심에서 주된 정서로 흘러나와 형성된 긍정적 시편들은, 어떻게 보면 예술−문학이란 대체로 어두운 현실이나 결핍성을 인식하고 성찰하여 부정정신의 두레박으로 꿈이라는 상상력을 길어 올려 더 나은 세

계로 나가는 길을 찾고 표현하는 점을 주된 이상으로 삼는다는 측면에서 접근할 때 상대적으로 그만의 확실한 개성으로 자리매김할 만한 대목이다. 물론 그리고 삶의 과정에서 왜 답답하고 괴롭고 아프고 슬프고 외롭고 쓸쓸한 국면들이 없을까마는 그의 시를 찬찬히 읽어가다 보면 결국엔 긍정적 인식이나 태도로 마무리하는 경우가 더 많다. 이를테면 다음 시의 흐름처럼.

출근 시간이 끝나지 않은 건가
도시고속화도로 타려는 차들
족히 1km는 될 듯하다

저 도로에만 들어서도 안심인데
끼어드는 차들에 대한 원망과
약속 시간에 쫓기는 마음이
온몸을 옥죄기 시작한다

길옆 방음벽에 걸터앉은
주홍빛 능소화
아직은 시간 여유 있으니
조급한 마음 내려놓으라고
눈짓한다
운전대를 꽉 잡은 두 손

잠시 멈칫했지만

머릿속은 다시 한가득

빨리 가려는 생각뿐인데

능소화 초연한 미소는

시간을 재지 않는다

       - 「능소화의 위로」 전문

'교통지옥'이니 '출퇴근 전쟁'이니 하는 말을 새삼 상기케 하는 이 시에서 우리는 김동연 시인의 심성과 시심의 실체를 여실히 느낄 수 있다. 물론 일정한 작의로 이루어진 시편이라는 점을 고려하면 어떤 어려운 상황에 닥치더라도 여유를 가지는 게 좋다는 의미를 강조하기 위해 짐짓 반전의 과정으로 설계된 장면으로 볼 수도 있다. 일면 그런 점이 있다고 해도 그의 전체 시를 개관하면 거의 다 조작보다는 실재나 실제 경험에서 우러나온 시심이라 판단하는 것이 더 적절할 듯하다. 아니 이런 시적 판단 이전에 결구에 이르는 과정에서 섬세하게 보여주는 심리적 변화를 읽으면 흔히 우리가 경험한 그대로의 갈등을 묘사한 것으로 보인다.

 사실 이 시의 묘미와 재미는 다른 데 있다. 자차로 출퇴근해본 운전자는 누구나 경험했을 법한 기나긴 정체 현상이나 무례하고 불법적인 끼어들기 탓에 불쾌감·분노·원망·조급증·초조함·불안감 따위로 인해 마음이 졸아드는 순간을 많이 겪었을 터이니 여기까지는 그리 색다른 표현은 아니다. 그러다 '길옆 방음벽에 걸터앉은/주홍빛 능소화'에 눈길이 가면서 마음에 변화를 일으키는 대목에서부터 본격적으로 시적 정서가 발동한다. 약속을 지키기 위해 달려야 할 차량(자아)과 그와는 아무런 상관없이 '방음벽에 걸터앉은 능소화'의 대조 즉, 속도/정지·동적/정적·강철(무기물, 죽음, 비정-냉정)/식물-꽃(유기물, 삶, 심미적-온정)의 대비를 통해 초조한 마음을 묽히고 달래려 한 구도는 매우 치밀하게 짜낸 결과이다. 수도권 제1순환고속도로를 달리다보면 간혹 방음벽을 타고 오르거나 벽 뒤쪽에서 올라온 능소화를 만날 수 있는데 이 시를 통해 그 기억이 선명하게 재생되는 것만 해도 큰 의미가 있다. 무미건조한 방음벽을 가리려 미화하려고 했든, 운전자에게 마음의 여유를 가지라고 의도했든 아니든 상관없이 바람처럼 달려 스쳐지나치지 않고 비록 한순간이라도 '능소화 초연한 미소'를 느끼기를 바라는 뜻이 있을 거라는 생각만으로도 그 광경은 충분한 존재 의미가 있으리라 믿는다. 이런 정서는 어머니와의 만남과 이별 장면에서도 드러난다.

일만 하다 간다고

글썽이는 어머니 두고

서두르는 발길 따라

동대구역으로 간다

흐려지고 끊어진 기억의 고리

약도 대책도 없이

아치라움과 어두운 미래만

외상처럼 달아놓고서

플랫폼의 때 이른 초겨울 바람

자갈밭 마음

먹구름처럼 피로가 몰려오고

통로의 어묵꼬치 파는 가게

피어나는 모락 김

발걸음이 절로 다가간다

가슴 속 돌덩이 몇 개

어묵꼬치 국물에 녹여 마시고

서울행 고속열차에 오른다

– 「어묵꼬치」 전문

이 시 역시 김동연 시인의 독특한 긍정 의식을 보여준

다. 고향에 내려가서 어머니를 뵙고 돌아가는 자식의 마음이 찡하게 울린다. '일만 하다 간다고/글썽이는 어머니'와 그 어머니를 두고 서둘러 떠나면서 겪는 안타까운 마음; '약도 대책도 없이', '아치라움(애처로움)과 어두운 미래', '자갈밭 마음', '먹구름 피로' 등의 '가슴 속 돌덩이 몇 개'를 '어묵꼬치 국물에 녹여 마시고/서울행 고속 열차에 오른다'는 표현에서 우리는 많은 만감을 교차하게 된다. 어머니와 자식이 서로 애처로워하면서 마음을 주고받는 따뜻한 인정도 그렇거니와, 더 짠하고 안타깝게 다가오는 대목은 '가슴 속 돌덩이 몇 개'를 대충 '어묵꼬치 국물에 녹여 마시고' 매정한 듯 돌아설 수밖에 없는 냉정한 현실 때문이다.

혼자 남아 고생하실 어머니 걱정에 걸음을 떼기 힘든 속상한 마음을 어묵꼬치 국물로 다스리며 그가 짐짓 아무렇지 않은 듯 돌아서는 상황은 그리하지 않을 수 없는 '운명'에 말미암은 것이다. 마치 개개인의 사정을 무시하고 늘 제시간에 맞춰 기계적으로 오가는 열차처럼, 또는 철 따라 어김없이 돌고 도는 계절처럼 우리네 삶을 싣고 가는 여러 가지 굴레와 현실의 수레바퀴도 우리를 마냥 자유롭게 놓아주지 않으니까. 아무리 내 마음이 안타깝고 슬프너라도, 미래가 더 인 좋이길 이미니인 줄 뻔히 알면서도 '약도 대책도 없이' 삶의 시간표에 따라 이별을 받아들여야 한다는 거, 그 원리가 사람 마음을 그토록 냉정하게 만든다. 그러니까 어쩔 수 없는 냉혹한 현실을 받아들일 수밖에 없다는 인식이 결과적으로 시인에게 초연함을 넘어서는 긍정의 시심을 끌어냈다고 할 수 있다. 차라리 그게 더 현명한 대처라고 마음 한구석에서 내리는 명령에 따라서, 아니 자연에서 터득한 슬기에 힘입어.

눈밭을 헤치고 노랗게
밀고 올라오는 복수초
눈꽃처럼 피어나는 매화
주황빛 화사한 군자란
너희는 왜 그다지
봄을 갈구하는가
어차피 올 것은 오고
갈 것은 스러지고 떠날 것을
무엇이 그토록 바빠서
오가는 것을 재촉하는가
나만 홀로
그들을 가지 말라고
영혼을 다 쏟아 애원했었나
빨리 가라고 손을 놓아도

꽉 잡고 놓지 않아도
갈 것은 어느 틈에 가고
올 것은 밤사이 몰래 와 있어
거역할 수 없는 놀라움 속에
오늘도 일상은 흐른다
- 「거역할 수 없는」 전문

　먼발치에서 오는 봄 냄새에도 복수초는 눈밭을 헤치고 올라오며 필 꽃들은 모두 기어이 피듯이 '어차피 올 것은 오고/갈 것은 스러지고 떠날 것'이고, 또 '빨리 가라고 손을 놓아도/꽉 잡고 놓지 않아도/갈 것은 어느 틈에 가고/올 것은 밤사이 몰래 와 있'을 테니 오라 가라 재촉할 필요가 없음을 성찰하는, 달관한 듯한 시인의 마음은 하루아침에 이루어지지 않았을 것이다. 우리에게 고개를 끄덕거리게 하는 속담이 선인들의 오래고 많은 경험이 쌓여 통계적 지혜에서 이루어졌듯이 시인도 다양한 경험들에서 추출한 결실을 삶의 지혜로 표현한다. 그래서 여기까지는 시상이 잔잔하게 흘러왔는데, 이제 결구에 이르면 인상 깊은 맺음에 공들이는 시인 특유의 작시 태도가 드디어 작동하기 시작한다.
　이 시에서 특히 주목할 대목은 '거역할 수 없는 놀라

움'과 '일상'을 연결한 짜임새이다. 이 표현에 깔린 속뜻
은 두 가지이다. 하나는 수없이 거역해보았다는 경험칙
이 반영된 점이고, 다른 하나는 새로움 없이 그저 그렇
게 무덤덤한 일상이라는 일반적인 상식을 놀라움으로
성찰하여 새롭게 바라본 점이다. 그리하여 일상생활에
긴장감을 부여하고 반드시 받아들여야 한다는 의무감
을 드높여 일상의 의미를 새로운 차원에 올려놓는다. 이
렇게 인식을 바꾸면 시인에게, 또는 우리에게도 나날을
새롭게 받아들이고 반드시 살아내야 할 과정이라 여길
당위성의 농도가 더 짙어질 수 있다. 이 결과는 우리 마
음을 한결 가볍게 하고 즐거움의 수치도 높아지게 하는
방향으로 작용하고 삶의 의지를 더욱 다잡게 함으로써
선순환의 길이 열리게 한다. 그리하여 우리는 조그마한
변화의 씨앗이 큰 열매를 맺는 놀라움을 경험하게 되는
것이다.

2. 가족 사랑이라는 황홀경

산업화와 군사문화의 물결이 거칠게 출렁이던 시절
에는 '안 되면 되게 하라'라는 강압적 발상과 표현이 많
이 떠돌다가 국민소득이 크게 높아지고 민주주의와 자

유의 문화가 활짝 꽃피기 시작하면서는 '피할 수 없으면 즐겨라'라는 말이 유행하기도 했다. 현실적으로 따지면 실행하기는 거의 불가능한 고상한 종교적 이념이나 삶의 지혜를 담은 잠언이나 경구 같은 것인데 삶에 지친 사람에게 별 거리낌 없이 충고 조로 권하는 경우를 많이 보았다. 도무지 죽을 맛에 어디론가 도피하고 싶을 정도로 어떤 극악한 상황에 직면한 사람에게 그 말은 하기만 쉽지 실제로는 약을 올리거나 무의미하고 덧없는 말로 들릴 수밖에 없다.

이런 점에 비추어 보면 김동연 시인이 주로 긍정의 시심으로 세계를 바라보는 데에는 그 나름의 까닭이 있을 것이다. 그 근원에 대해 우리는 앞서 일상적인 차원에서 경험의 축적에 기인한 지혜라는 점을 거론한 바 있다. 즉 원숙한 연륜에 이른 존재로서 오래고 다양한 삶의 경험에서 우러나왔을 것으로 보았다. 오래 산다고 다 그런 경지에 들지 않는다고 한다면 그 나머지는 시인으로서의 감각과 지혜 및 감성과 상상력이 보태져서 창출된 시적 정의이자 결실이라 할 수 있다.

이와 더불어 나는 김동연 시인의 시심 원천에 주로 긍정의 정서가 흘러나오는 까닭이 더 있다고 보는데, 그것은 특정 제재가 큰 구실을 한다는 점이다. 특히 가족

구성원을 제재로 한 시편들이 대표적이다. 가족에 얽힌 좋은 기억, 아름다운 추억들은 그 자체로 이미 부정적인 인식으로 번질 가능성이 거의 없기 때문이다. 이를테면 "김밥 가게를 나서는/한 남자의 뒷모습"을 보고 뒤따라 걸어가면서 "내 멋대로 상상에 젖어" "엄마가 싸주시던 김밥 추억도 따라와/함께 걷는다"(「김밥 한 줄」)라거나, "최신 LED 책상등 찾아보"다가 "4000원 주고 산 형광 전구/전보다 더 밝게 빛난다//곁에서 묵묵히 미소로 지켜봐 주시는/할머니 같은 책상등/오래오래 함께 하자고/눈웃음으로 답한다"(「4000원의 힘」)라고 하는 구절에서 굳이 구형 형광등을 사서 갈아 끼우고 인자하시던 할머니를 흐뭇하게 추억하는 장면, 또는 "아버지 추억할 때마다 따라오는/동동주 그리며/봄비에 젖는 이 저녁/마음은 나비처럼/여기저기 날아가 앉는다//구름에 갇힌 별 하나/툭 내 앞에 떨어진다"(「동동주」) 하면서 활력과 꿈에 젖는 모습에서 가족 사랑의 정성이 짙게 드러난다.

6월이면 빨간 술장미가
둥그런 울타리 타고 만발해
그 밑을 지나갈 때면

행복하고 황홀했습니다
줄장미 꽃을 피우려고
아버지는
이른 봄부터 일요일 아침이면
가지치기를 하셨습니다

정원 한 켠을 뒤덮은 줄장미들은
다른 어떤 꽃들보다
발랄하고 찬란한
우리 가족의 꽃이었습니다

햇빛에 반짝이는 줄장미 송이송이
오늘도 나는 흠뻑 취해 있고
아버지는 저만치 서서
그런 딸을 보며 웃고 계십니다

어쩌면 천국의 정경인지도 모릅니다
- 「줄장미」 전문

'줄장미'에 얽힌 기억을 떠올리는 이 시에서 시인의
가족 사랑의 극치가 드러난다. 꽃을 잘 피우게 하려고
줄장미를 정성껏 가꾸시던 아버지의 손길에는 '우리 가
족'이 함께 즐기게 하고 싶은 지극한 사랑이 담겨 있었을 거라는 느낌이 진하게 묻어난다. 시인은 지금도 그 꽃을 보면 그때의 행복하고 황홀했던 추억에 잠겨 '어쩌면 천국의 정경인지도 모릅니다'라고 들뜬다. 그러니까 6월이면 피는 줄장미꽃은 시인에게 예사로운 꽃이 아니다. 마음속으로 아버지를 만나고 가족을 불러들여 '천국의 정경'에까지 들게 하는 영원하고 거룩한 상징물이다. 그토록 시인은 가족에 대한 애틋한 정감을 갖고 있다. 별다른 꾸밈없이 시상을 전개했음에도 우리에게까지 시인의 행복과 황홀감이 빨간 줄장미꽃의 아름다운 모습처럼 줄줄이 스며드는 까닭은 그만큼 시인의 가족 사랑의 진정성이 느껴지기 때문일 것이다. 가족을 사랑하는 뜨거운 마음에 무슨 비유나 장식이 필요하겠는가.

이뿐만 아니라 딸(「초록색 조끼」)에 대한 정과 사랑을 표현 작품도 대체로 비슷한 정감을 보여준다. 그리고 가족 사랑 중에도 내리사랑이라 그런지 손주를 제재로 한 작품에 가장 뜨겁게 표현되어 있다. 이를테면 "손자 얼굴만한 겹작약/며느리의/어버이날 선물로 와 있네/손자 웃음소리도 함께"(「겹작약」), 산책길에서 만난 "새 뽀얀 새끼 푸들"을 보고 "하얀 피부의 외손녀 모습이/바로 앞에 있는 듯/내 눈은 푸들을 따라가 안아 본다" "보고 싶은 마음 벌써/비행기에 올라앉아 있다"(「꼬꼬」)라는 표현의 간절히 보고 싶은 마음, 또 "옷의 냄새는 다 지웠으나/아무리 없애려 해도/눈앞에 떠오르는/손자 얼굴"(「손자 냄새」)은 지울 수 없어 짙은 그리움에 젖는 가 하면, 다음 시에서는 '광팬'임을 자처하기도 한다.

> 열흘 밤 지낸 뒤 외가로 갈 때
> 동그랗게 할미 쳐다보던 눈동자
> 며칠 지나도 눈앞에 아른거린다
> 아기의 존재가 이렇게 크다니
> 역설이고 진실이다
> 거부할 수 없는 꼬꼬맹이
> 영원한 광팬이 된 할미
> 입꼬리가 절로 올라간다
> 　　　　　－「꼬꼬맹이」 부분

　　손자가 외가로 떠난 뒤 며칠이 지나도 눈앞에 아른 거리며 잔상이 지워지지 않음을 놀라워하면서 어쩔 수 없이 '광팬'이 될 수밖에 없는 할머니로서 '입꼬리가 절로 올라간다'는 마음은 손주를 얻고 안아본 사람은 아마 누구나 경험했을 성싶다. 내 마음을 보는 듯 실감을 자아내기 때문이다. 우스갯소리로 아이들이 오면 좋고 가면 더 좋다는 말이 있듯이 디러는 힘에 버거울 때도 있

는 게 사실이나 막상 그 아이들 가고 나면 금세 또 보고
싶고 생각만 해도 늘 흐뭇하게 미소짓게 하는 피붙이임
을 누가 부정할 수 있겠는가. 그 마음을 시인은 그대로
진솔하게 펼쳤는데, 그렇다면 그런 복덩이를 안겨준 며
느리와의 관계는 어떨까?

아침에 일어나 보니
아들 며느리와 함께 하는
카톡 단체 창에
반쯤 먹은 피칸파이 사진
며늘의 긴 메시지가
차례로 올라온다

어머님이 좋아하시는
피칸파이 먹고 있다고
같이 못 먹어서 아쉽다고
속으로는 별 걸 기억한다 하면서도
맛있게 내 몫, 뱃속 아기 몫까지
많이 먹어라 한다

오늘 점심은
피칸파이 사진으로 때워도
배고프지 않을 거 같고

괜시리 늦가을 하늘이

더 높고 청명해 보인다

                       – 「피칸파이」 전문

    이 시에서는 흔히 듣던 과거의 부정적인 고부 관계의 그늘은 없다. 그 대신 아들 며느리와 함께 하는 카톡 단체방을 열어 서로 소통하고, 음식도 서양식일 뿐만 아니라 며느리의 잔정과 시어머니의 속마음이 따뜻하게 전해져 새롭다. 물론 비록 시라고 해도 고부갈등의 치부를 직접 다루기도 어렵겠으나 시대가 변해도 한참 변한 요즘에는 그야말로 그것은 구시대의 유물로 묻어둘 수밖에 없다. 그보다는 오히려 시어머니가 며느리 눈치를 보는 세상으로 바뀌었다는 말이 실감 날 정도인데 여기서는 그런 차원을 넘어 서로 소통하고 보살피는 애틋한 가족애가 잔잔하게 흐를 뿐이다. 마지막 연에 표현된 시인의 만족감과 쾌정한 마음을 읽는 우리에게도 흐뭇함이 전해온다. 새로운, 또는 새롭게 만들어갈 현대적 고부 관계와 그 한 모습을 그렸다고 할 수 있겠다. 좋은 게 좋다는, 그 긍정의 정서는 어디로 흘러가도 그저 좋을 뿐임을 더욱 확신케 하는 작품이다.

3. 거스를 수 없으니 즐기는 자연의 섭리

우리 삶에서 가족 사랑이 인륜으로서 거부할 수 없는 최상의 덕목이라면, 자연의 이치나 섭리는 자연의 한 부분인 인간으로서 절대로 거스를 수 없는 하늘의 질서[天倫]이다. 그러니까 인간관계를 지탱하는 사랑을 거부하거나 자연의 이치를 거스르지 않고 순리대로 받아들이고 감싸 안는 태도는 스스로 마음에서 어둠을 지우고 즐거움과 행복으로 가는 통로를 마련하는 일이라 할 수 있다. 김동연 시편에서 가족 관계 다음으로 인상 깊게 다가오는 지점은 자연을 있는 그대로 바라보며 감사한 마음을 갖고 최상의 행복감을 자아내는 점이다.

그 까닭이 뭘까? 자동차로 교외 나들이를 하면서 느낀 정서를 표현한 작품에서 그 실마리가 풀어볼 수 있다. '양평 구비길 따라' 자동차를 타고 가면서 보이는 좌우의 갖가지 풍경들; 철 따라 옷을 갈아입는 식물들과 봄비에 목축이고 바람에 장단을 맞추는 잎새들을 비롯하여 흰나비, 민들레 꽃씨들, 까치 한 쌍, 여기에 비행기 소리까지도 '마냥 여유롭고 평화롭다'고 느끼며 "그 속에 흠뻑 담긴 시간/감사의 마음이/가슴을 가득 채운다"(「드라이브」)라고 하는 표현에서 자연의 조화와 상생을 감사한 마음으로 반기며 여유와 평화로움을 불러들이는 시인의 자연 친화적인 심성이 잘 드러난다. 상생의 가치를 소중히 여기는 마음은 다음 시에서 어울림을 더없는 '행복'의 조건으로 받드는 장면으로 변주되기도 한다.

매콤한 맛 살린
뜨거운 콩나물국
검은콩 현미밥과 배추김치

그 위에
무어의 피아노 반주와
디스카우의 목소리가 만든
'물 위에서 노래함'을 얹어
영혼을 달래는
에메랄드 같은 양념을
저녁상에 올려놓는다

이 저녁
어떤 행복을
더 바라겠는가
 ─「어느 행복」 전문

주요 제재로 보면 무위자연(「드라이브」)과 인위성이 가미된 요소(「어느 행복」)로 갈리지만 앞 시에서는 비행기 소리를, 뒤에서는 음식들의 조화에 음악까지 어울리도록 구성한 측면에서 시인의 성향을 짐작할 수 있다. 음식에도 궁합이 있다고 하듯이 생물이든 무생물이든 뭐든 서로 잘 어울릴 때 가장 아름다운 경지에 이른다는 점은 누구도 부정할 수 없을 텐데, 김동연 시인은 특히 그 점을 발상의 중요한 계기나 모티프로 삼는다. 이를 확장해서 접근한다면 그 이면에는 고도로 발달하는 문명에 역행하여 사회 구성원들은 날이 갈수록 점점 더 심각한 단절과 고립과 소외의 질곡으로 빠져드는 모순된 현상이 깔렸다고 볼 수 있다. 그 결핍을 시인은 자연에서, 또는 바람직한 음식과 식사 환경을 통해 간접적으로 충전한다고 해도 그리 틀리지 않으리라 본다. 이는 또 다른 행복론을 통해서 뒷받침된다.

행복은
초겨울 밤
서쪽 하늘 향해 가던 반달이
되돌아와
환한 웃음으로
내 손 잡고
걸어가는 것

그 다정함을 가슴에 담는 것

      – 「행복은」 전문

   행복은? 이런 것이다.라는 식으로 단출하고도 간명하게 정의하듯 자기 행복관을 표현했으나 이해하는 과정에서는 상상력이 필요한 다소 복잡한 짜임새로 이루어졌다. 우선 두 연으로 갈라놓았듯 현상과 정서로 나누어 접근할 수 있다. 그리고 앞의 현상은 과학적으로 비논리적인 상황이라 역설적 인식으로 풀어야 한다. 이번 시집에서 작위성이 가장 강하게 노출되는 작품이라 하겠는데, 시인은 왜 이렇게 겉보기와는 달리 속을 복잡하게 꾸며놓았을까 궁금증이 발동하도록 만들었다.

   먼저, 앞 연을 뜯어보면 이렇다. 행복의 조건을 규정하기 위한 배경과 행위를 묘사했다. 즉 첫째는 '초겨울 밤'이라는 시간적 배경과 정황으로서 위기와 고난과 절망적인 순간을 전제로 한다는 것이다. 행복은 이에 내비되는 불행한 순간을 경험한 자에게 더 간절해지며 그 가치도 높아짐을 암시한다. 둘째로는 '서쪽 하늘 향해 가던 반달이/되돌아와/환한 웃음으로/내 손 잡고/걸어가는 것' 이리는 상황 표현이다. '내 손을 잡고' 동행하는 것이라고 했으니 문맥적으로 보면 내가 행복해지도록 돕는 이의 배려심에 관련된 여러 가지 요소들을 망라했다. 여기서 상상력을 발휘해야 할 부분은 서쪽 하늘로 가던 반달이 되돌아와야 한다는 비논리적인 역설적 표현이다. 어떤 작의가 들어 있으며, 어떻게 풀어내야 할까? 좀 난감해진다. 반달이 다시 보름달(환한 웃음)이 되기 위해서는 날짜가 바뀌지 않으면 불가능한 점에서 많은 시간이 필요하다는 것, 즉 물리적으로도 최소한 보름이 걸리므로 그런 기다림과 인내를 요구한다는 뜻일까. 하루아침에 남을 배려하고 도울 수 있는 지극정성의 심성을 갖추기가 무척 어렵다는 점을 강조하려는 뜻일까. 또는 서쪽 하늘로 가다가 되돌아온다는 의미에서 무심으로부터 깨달음의 순간을 거쳐야 이타심을 발휘할 수 있다는 뜻일까. 마지막으로, 도움을 받기보다는 도움을 주는 행위에 초점을 맞추어 대가를 바라지 않는 나눔의 가치를 더 중시하려는 뜻일까. 내 판단으로는 이런 고민과 의문 전체를 아울러 긍정의 대답으로 볼 수도 있고 아닐 수도 있다(후술).

1연에서는 여러 단계로 행을 나누었듯이 남을 위하는 실행이 그리 간단치 않음을 역설했다. 그 반면에 2연은 한 행으로 처리하여 남의 도움을 받는 이가 할 일은 상대적으로 단순할 수 있다고 본 듯하다. 배려하고 나눔을 행한 이의 '그 다정함을 가슴에 담는 것'이란 그의 마음을 알아주고 잊지 않는 일을 뜻한다고 할 수 있는데, 가슴에 깊이 새김은 훗날 자신도 보은의 마음을 싹틔울 수 있는 터전이 되기에 또 다른 의미와 가치가 있다. '결초보은(結草報恩)'이라는 말처럼 살다 보면 언제 어떻게 누구에게 은혜를 갚을 날이 올지 아무도 모르니까. 또 참된 나눔이란 '주고받는'(give and take) 서양 자본주의식 대가의 개념이 전제되지 않아야 한다고 하더라도 힘들 때 도움을 받았다면 혹 여유가 생기면 남에게 나눌 줄도 아는 게 사람의 도리라는 뜻에서 결단코 잊지 않고 새김은 큰 의의가 있다.

이렇듯 이 시는 표현은 단출해도 내포된 의미는 상당히 복잡하다. 그 복잡성은 심지어 그 온정이 덧없는 꿈으로 비칠 수도 있어 세심한 주의가 필요하다. 무슨 말이냐 하면, 서쪽 하늘로 가던 반달이 되돌아와야 한다는 상황은 당장은 불가능하므로 해석에 따라서는 우리가 남의 도움을 받고 행복을 누리기란 실제로는 불가능한 가치라고 규정할 수도 있다. 남의 온정을 받는다는 상황 자체에 이미 행복이 충만할 가능성이 희박하기도 하지만, 말 타면 종 잡고 싶은 게 인간 심리이기 때문이기도 하다. 이 속담 속에 는 무한한 밤욕심에 빗내면 인간이란 동물에게는 애초에 욕망 충족은 불가능한 일이므로 만족감에서

오는 행복을 누리는 순간에 이르는 일도 덧없는 꿈일 뿐이다.

이렇게 보면, 오늘날 인간 사회에서 서로 온정을 나누어 주고받으며 손잡고 같이 걸으면서 함께 행복에 이르는 일이 과연 가능한가? 이런 회의에 대해 시인은 시치미를 뚝 떼고 짐짓 간단한 듯이 몇 마디 되지 않는 시어로 표현하였다고 볼 수 있지 않을까. 특히 '서쪽 하늘 향해 가던 반달이 되돌아와'라는 모순된 관념은 피상적인 생각과 실제의 거리가 그만큼 멀다는 사실을 강조하기 위해 설정한 시적 장치라 할 수 있다. 그래서 그럴까, 시인은 마침내 다음과 같은 역설적 형태로 생의 마지막 단계의 즐거움에 이르고 싶은 꿈을 그려낸다.

언젠가부터 이 순간이 좋다
들녘에서 맞는 하루의 경계선
다가오는 이 깜깜함을 맞는 희열
이 기다림의 순간이 참으로 좋다

생을 마무리하고 떠나는 시간도
해거름을 기다리는 반가움처럼
고요한 마지막 즐거움이기를
바라며 기도한다

- 「해거름」 부분

아마도 우리 시에서 깜깜함이나 어둠으로 넘어가는 과정을 좋아한다는 표현을 만나기는 쉽지 않을 것이다. 더러 황혼이나 노을 지는 순간을 아름다움으로 포장해 노래한 경우는 본 듯하지만. 낮이 끝나고 밤으로 넘어가는 경계점, 낮도 아니고 밤도 아닌 신화적인 시간을 상징하는 것으로 표현하기는 해도, 어떻든 해가 떨어져 밝음이 사라지고 어두운 밤이 오는 현상은 행복에서 불행으로, 삶에서 죽음으로 바뀜을 상징하므로 긍정적인 심상이나 의미로 받아들이기는 어렵다.

그러나 김동연 시인은 기존의 상징성이나 시적 인식들을 뒤집고 오히려 '들녘에서 맞는 하루의 경계선'에서 '다가오는 이 깜깜함을 맞는 희열'에 '이 기다림의 순간이 참으로 좋다'고 역설한다. 이는 '깜깜함'이 온 세상을 차별 없이 덮어버리고 고요히 공평성을 구현하는 현상이라는 점에서, 또 절대로 거역 불가능한 자연의 섭리라는 점에서 순응할 수밖에 없으므로 도리어 좋은 느낌으로 받드는 자세라 할 수 있다. 그리하여 시인은 '생을 마무리하고 떠나는 시간도' 그처럼 '고요한 마지막 즐거움이기를/바라며 기도한다'고 표현했다. 말하자면 낮과 밤의 교차처럼 우리네 '생'(생명, 목숨, 삶)도 마찬가지라는 것. 언젠가는 삶을 마무리해야 할 순간에 직면할 것을 예감하면 그때 어떻게 할 것인가, 미리 마음을 다져야 하는데 자신은 그것을 일상에서 해거름을 맞이할 때처럼 담담하게, 아니 오히려 즐거운 마음으로 마지막 순간을 고요히 맞이하는 모습이 되기를 염원한다.

물론 시인이 간구하는 '고요한 마지막 즐거움'을 누리고 싶은 생의 마지막 행복은 아무도 장담할 수 없는 인간 능력 밖인 자연의 소관이다. 나뭇잎 하나 떨어지는 순간도 고요하기 어려운데 하물며 곡절도 많고 탈도 많은 우리네 '생'을 더 말해 무엇하랴! 옛날에는 '죽음 복'[考終命]을 오복 중의 하나로 꼽았듯이 만약 그 기도가 통한다면 인생 최종에 누릴 최대 행복이라 할 수 있다. 이제 김동연 시인은 이 마지막 즐거움을 위해 온몸 온 정성으로 일종의 예행연습인 양 더욱 뜨거운 시를 빚어내리라 믿어 의심치 않는다. 부디 성공적인 결실을 거두기를 빈다. □

남기고 싶은 말

시와함께(Along with Poetry) 시인선 020

김동연 시집

어느 가을날

발 행 2022년 10월 14일

지은이 김동연

펴낸이 양소망

펴낸곳 도서출판 넓은마루

주 소 (03132) 서울특별시 종로구 삼일대로 30길21, 1103호(낙원동, 종로오피스텔)

전 화 02-747-9897, 010-7513-8838

이메일 withpoem9@hanmail.net

출판등록 제2019호-000100호

인쇄·제본 (주)지엔피링크

저작권자 ⓒ 2022, 김동연

ISBN 979-11-90962-17-9(04810) 979-11-90962-04-9 (세트)

값 10,000원